TRAGÉDIA & MONSTROS

SOBREVIVÊNCIA & LUTA

FELIX SANTOS

Capa por Rafael Anderson Guimarães Santos

ISBN 978-65-00-58165-2

Dados Internacionais de Catalogação na Publicação (CIP)
(Câmara Brasileira do Livro, SP, Brasil)

```
Santos, Felix
    Tragédia & monstros : sobrevivência & luta / Felix
Santos. -- Recife, PE : Ed. do Autor, 2022.

    ISBN 978-65-00-58165-2

    1. Poesia brasileira I. Título.
```

22-138173	CDD-B869.1

Índices para catálogo sistemático:

1. Poesia : Literatura brasileira   B869.1

Eliete Marques da Silva - Bibliotecária - CRB-8/9380

Dedico este livro aos meus irmãos

Rafael Anderson
Joseph Fabiano
George Alexandre

De qualquer lado

Estamos cercados
pelos pontos cardeais

Por onde semeais
só há caminhos

Nenhum ninho
talvez - algum afeto

Talvez - alguém por perto

ÍNDICE

NOTAS DO AUTOR

Este livro foi escrito durante os quatro anos do período que vai desde a eleição de um genocida em 2018 para presidente da república até a eleição de Lula em 2022. Foram quatro longos anos que representaram uma **tragédia** para o Brasil e para o mundo, onde a negação da solidariedade, do afeto, da tolerância, da compaixão e do amor penetrou fundo na alma das pessoas. A intenção explícita era a destruição daquilo que nos anima a construir uma vida social cooperativa, digna, satisfatória e criativa dentro do respeito à diversidade individual e coletiva.

O resultado da eleição de 2018 se abateu sobre o Brasil como um flagelo e, ao longo dos primeiros anos, pode-se registrar a ocorrência sistemática e frequente de várias formas de violência - física e psicológica - dirigidas a grupos sociais diversos (favelados, homossexuais, negros, oposicionistas, professores, cientistas, etc). A disseminação destes comportamentos agressivos produziu verdadeiros **monstros**, pessoas que se acostumaram à um mundo paralelo absurdo e muito violento.

Transtornada, a sociedade procurou entender este fenômeno e desenvolveu formas de defesa, de **sobrevivência**, nos vários contextos onde os conflitos ocorriam com maior intensidade. Foi um período de grande esforço intelectual e organizativo na produção e compartilhamento de emoções, de compreensões, de conhecimentos e de práticas de resistência.

Nos últimos anos, já com a perspectiva da candidatura de Lula consolidada, a sociedade passou à se dedicar com maior intensidade à **luta** política, que era também a luta para recuperar as bases sociais da convivência democrática na diversidade, onde a solidariedade e as formas não violentas pudessem prevalecer. Infelizmente, grupos fascistas cresceram em popularidade e ousadia,

1

para ainda tentarem intimidar a sociedade pelo medo e pela desorganização das várias compreensões de mundo. Assim, este é o lugar de onde falo, do meio de uma luta antifascista, que não se esgota com a eleição de Lula para presidente da república.

Este livro é fruto de minhas percepções destes momentos, mas dentro de uma perplexidade e de uma procura. Como pessoas conhecidas há muito tempo e familiares puderam comportar-se como monstros, como sociopatas ? Como puderam destruir toda afetividade que demonstravam na nossa convivência ? Quando foi que passaram a incorporar vocabulários e atitudes violentas ? Como puderam tripudiar diante do sofrimento, do ódio e da violência ?

Assim, sobreviver significou uma decisão de não aceitar o ódio e a violência regendo as relações sociais, impregnada de indignação diante da constatação da extensão dos danos já produzidos. Danos irreparáveis, como a morte de setecentas mil pessoas no Brasil, durante a pandemia. Além deste flagelo, ao longo destes anos, perdemos algumas de nossas mais preciosas referências culturais. E descobrimos a importância de reverberar a memória destas pessoas. Talvez, até mesmo como uma forma de fazer com que aqueles que amamos sobrevivam à toda finitude e toda fragilidade deste precioso cristal que nos anima.

Este não é um livro sobre política. É um livro sobre o que ocorre debaixo da pele diante dos "absurdamentos", diante da violência, do ódio e do preconceito. É sobre indignação, é sobre sofrimento, é sobre resistência, é sobre resiliência, mas é também sobre as condições que nos fragilizam e nos reduzem a seres biológicos que reagem somente com fúria ou medo.

Recife, 16 de Novembro de 2022

Felix Santos

AGRADECIMENTOS

Ao longo da produção deste livro, algumas pessoas foram muito especiais pela oferta constante de atenção, carinho, estímulo e sonhos. Sem energia do amor e da amizade, seria impossível a existência deste livro.

Agradeço aos colegas do Bar do Jorge, Heitor Scalambrini (Torzim) Paulo de Barros Correia (Mufula), José Maria Andrade Barbosa (Zezim) pelas suas ilimitadas brincadeiras, brigas e extravagâncias. Quase todas relacionadas com algumas utopias certamente perdidas e outras, talvez ainda, viáveis.

Aos meus irmãos Rafael Anderson Guimarães Santos, Joseph Fabiano Guimarães Santos e George Alexandre Guimarães Santos agradeço o olhar de afeto e atenção que sempre me estimularam nos bons e nos maus momentos ao longo de toda a vida. É como se sempre possuíssemos uma vida inteira para viver.

Agradeço aos meus filhos Geraldo Duarte Santos (Gegê) e João Borges Mesquita Guimarães Santos (Janjão), pelo amor, pelo afeto e por todos os momentos de construções e questionamentos da vida que se vivia.

À minha esposa, Giovana Borges Mesquita, minha querida Gigi, agradeço pela criatividade, pelo humor e pelo amor. Este livro não teria sido o mesmo sem a sua leitura cuidadosa e sem a sua aguçada sensibilidade.

TRAGÉDIA

Partes

Nossas partes em cada canto
compartimentos

sem lugar para as tardes
só cimento

ou sofrimento

Nossas naus em cada praia
naufragadas

a caminho do caos
fragatas

desfraldadas

Esquecidas raízes sob as águas
silêncios

suspensos

penetrando em cicatrizes
pedras

quimeras

Há dias assim

A vida é um lago - sem fundo
onde o mundo não flutua
como uma conversa - sem assunto
ou um planeta - sem lua

A vida é um mergulho
uma fruta madura - demais
um sapato apertado - demais
assim um vazio ocupado - por entulhos

Por exemplo
certa vez - encontrei um lugar
sabotando uma - ou duas atitudes
vazio - e sem ar
sem rio - ou mar
assim já feito - um ataúde - ou um templo

Incomodado
falei - a voz calou-se
olhei - como se olhar fosse
andei - um caminho meio tosco
sorri - uma língua sem gosto
tudo muito apressado - assim - meio de lado

Isso foi - algo inviável
antes de tornar-me pedra
antes do barco em vão - naufragar
numa escuridão ordinária
mas - logo depois
reconheci - a mão que aperta
tentando dissolver - ou estragar
a solidão desnecessária - ou inevitável

Tudo descompleto - apesar de inerte
nesta casca de ovo
neste barco de estorvo
repleto - de silêncio
como uma ponte - entre dois inícios
muito perto - de onde se sub - verte

Finalmente - olhando em torno
na escuridão - sem glória
reconheci - a mão que oferta
tentando entreter - ou afagar
antes de tornar-me uma fresta
antes do barco em vão navegar
em qualquer solidão - sem memória

Eu sinto muito
mas há dias assim - descomeçados
destratados - brancos como marfim
que - sem qualquer aparente - intuito
deixam - um pouco de comida - nos pratos

A morte dos ciclos

Não me sinto bem nos ciclos
sempre chego diferente - nos princípios
sempre o mesmo verbo aflito
vivendo situações - atrás do particípio

Por exemplo: natal

Há dois anos atrás - eu era um
no ano passado - eu era - pelo menos - dois
hoje - quantos serei ?

Antes de sumir ?

Talvez - ainda ou depois
um simples mamífero
um pouco translúcido

Talvez

Há dois anos um fluido - mortífero
iniciou seu fluxo - refluxo ?
Fino - como uma navalha
ou um punhal lento
sobre a gota de orvalho

Transparente - como o vento
inacreditável - como algo impossível - de se ver

E os ciclos derreteram
como se algo indivisível
em algum momento
pudesse ter existido

Somente o dia e a noite
num impercebido gemido
permaneceram assustados
espaços sem repetições
sem referências de passado

Como existir sem se mexer
com mínima prudência
sem fazer-se alvo
de um aerossol qualquer
de um olhar - transparente - de alguém
que só queria ver - a luz do sol ?

Como acreditar em ciclos
nas suas mágicas de sorte
nas esperanças aos quilos
pra quando o natal vier
pra quando o ano novo vier ?

Pra vários - foi algo assim:

meu amigo, meu irmão
meu filho, minha mãe
minha irmã, minha filhinha
minha amiga, meu pai
meu avô, minha vovozinha

estavam comigo em outro ciclo
- e -
não estão mais
- e -
o sofrimento vira culpa
vira desgosto, vira raiva
vira negação e vira sofrimento
e - o sofrimento - vira culpa

logo vem o medo de ir à feira
que vira ansiedade de estar - ou não estar
que vira fome
que vira - medo - de ir à feira

Como fluxos de outra ordem
no calcário das coisas
como ciclos em pura desordem
nos úteros da brisa - enraivecida

Matei um poema

Eu sei - percorremos um trecho ruim
um trecho descascado rugoso - atravessado
e aproveitei que ninguém se importa
e matei um poema

Não conhecia este poema
por isto não sinto culpa - alguma
e admito - eu o torturei
antes de assassiná-lo - friamente

Alguém o pariu - deixou-o à deriva
sobre uma mesa de bar
raptei-o e arrastei-o para um lugar - remoto
sem luz sem lua - sem ar

Dependurei-o no pau de arara
espantei-me com sua leveza
ou com minha força
dobrei-o em dois - porque buscavam-no

Então, comecei

retirando as vogais de uma estrofe
com um alicate - ou um pé de cabra
palavra por palavra
verso por verso - e eu rindo
sons arteriais empapando - pulsantes
a folha de papel

Pus uma pistola na têmpora esquerda
de outra estrofe inteira
na altura de uma certa vogal
e puxei o gatilho

e as consoantes se misturaram
com os pedaços das vogais - coágulos
agora insignificantes - sobre o chão

Gostei de ver as letras abertas - de pavor
lágrimas líricas escoando no espaço - de 1,5 linhas
mostrando que esta raça - nem este gênero
não sabe morrer

Tomado de ódio ritmado - como um samba de coco
afoguei lentamente uma terceira estrofe
vi a flacidez dos membros - na entrega
a perna quebrada do verso tremendo - de dor

Depois da carnificina - alterei a cena do crime
limpei todo o lirismo com líquidos vazios
plantei um explosivo desinteressado
e explodi tudo - como se fosse um simples
escapamento de gases - sinestésicos

Disseram que foi suicídio
ao olharem as letras desconjuntadas
desarticuladas e queimadas - pelo chão

- Aquele poema era psicótico !
- Cheio de manias e solitário !
- Depressivo de rimas paupérrimas !

Quando a polícia chegou
alguns significados isolados
davam seus últimos estertores
com um ou dois versos ainda abertos
como se olhassem o céu

Depois desta experiência
posso dizer - ainda não terminei

Estou perseguindo um pequeno poema
solitário mutante
incompreensível

Vai ser uma barbada

Sob olhares obscenos

Tenho andado meio neurótico
como se tivesse algo importante
muitíssimo importante !
a esconder

Saio com as mãos no bolso
meio caótico
pra ser atacado ali adiante
prontinho pra correr
no primeiro ruído - solto

Protegendo a coisa - eu cruzo os braços
olhando de lado - pisando leve
sem saber se é de barro
de madeira ou de pedra

Releve

Talvez seja só um instante - breve
e eu esteja apenas tirando - sarro
posto que vivo em trevas
onde o transtorno é a regra

Vocês não escutam - os discursos ?
Vocês não se sentem - ameaçados ?

Pode tudo parecer absurdo
mas - é difícil arrastar-se ao lado
seguir - fazendo-se surdo

Não sei o que protejo !

Só sei que - sem isto - não vivo
e não se trata de algo abstrato:

como um beijo

ou de algo do qual me privo
com facilidade - aliás - por muito menos

a própria felicidade

encontra-se presa - dentro de um vidro
debatendo-se - sob aqueles olhares obscenos

Pode ser um odor
um lírio uma rosa
uma flor do deserto
o que domina tanto - este ardor
esta atitude de defesa - ansiosa
de algo talvez fútil
ou incerto

Ou inútil ?

Tentei escondê-la no oco
de uma árvore
debaixo de uma pedra azul
sim - sempre como um louco
em corpo estranho de mármore
em alguma rua de Istambul

Tudo parece tão pouco...

Logo me descobrem - eu acho
pois - o que escondo desvanece
entre as trincas onde me encaixo
e não sei mais se é noite - ou amanhece

Não é fácil - em cada momento
ver desaparecer o que se conhece
na mais fina fresta de tempo
sem saber-se sonho - ou o que se esquece

Sigo assim - meio neurótico
sob aqueles olhares obscenos

Escondendo algo importante - muito importante !
com dentes ferozes - ou gestos amenos
camuflando-me nos passos caóticos
dissolvidos em cada instante

Picho

Quando picho
é como um crucifixo
sobre o lixo

Sem um esguicho
sem ser prolixo
sem sufixo

Até mesmo - sem prefixo

Enquanto você toca - contrabaixo
eu desenho o sexo - num cesto
num seixo - numa sexta-feira

sem pre - texto
nem desprezo
só um aparente
quase semente
silente - desleixo

Pelo que consigo recordar

Apesar da angústia - eu consigo recordar
certos movimentos erráticos
pessoas andando como reses
nuvens agarrando-se por vezes
como aqueles olhares - dramáticos

Alinhados - na aspereza - da esfera azul

Isto começou tudo:
perdendo-se nas palhas do babaçu
esperando um vento ou punhal - agudo

Reconheço afinal
e é difícil recordar !

Quem participou destes frenesis
escondeu-se em copos de iogurte
agiu como se fosse capanga:
acreditou em estranhas gêneses
esperando por si - ou outros - corpos
por um único e cínico abutre

Que alguém surtasse sob o peso - da canga

Quem ludicamente se alinha
como se fosse um longo - graveto
como se estivesse num pote - de farinha
ficou em um canto esquecendo-se
conversando com o vértice - da parede:
cravado no peito - espeto
curtindo a triste morte - do saci

Ou de qualquer um - que tenha sede

Quem não se espanta
com esta mancha cinza
recolheu-se ao chão que pisa
concluiu que nada adianta
cobriu-se com um longo véu:
sem o delírio que persegue
foi aspirar bolores no céu

Rindo do açoite - no lombo do jegue

São tempos desprovidos
descoloridos quase - sem caminhos
entre ruínas - tempos destruídos
restos de comida - seres mesquinhos
almas secas - desfolhadas

Marcadas pela fome de nada !

Só ávidos pardais sem ninho
como se fossem redemoinhos - esquizofrênicos
ou o resultado de frustrados

Experimentos transgênicos !

Pensamentações - I

Neste ano tentaram
arrancar meu fígado
meu braço

No ano novo
vísceras à parte
eu só quero
um abraço

Foram vários dias remando
um à um

A vida densa arrastando
gravetos postes
na vala comum à oeste
esperando uma passagem
pelo norte

O amor é uma vontade
quando a flor desabrocha
me dá uma vontade
de só fazer amor

O ano novo é uma vontade
quando o tempo desabrocha
me dá uma vontade

de só riscar o vento

Aliás

como o próprio tempo

Anos meses dias
tempo quebrado
ando mesmo em vias
asfaltadas no cerol

Quero trocar paralelas
pelos fractados
alelos de sol

Onde havia
medo
desespero
injustiça

cedo espero um artista
do tempo dizer:

- Abra-te deserto !

para que o ano novo surja
como um olho aberto
no meio da rua

Alguém 1: - Vejam como giram as estrelas !

Bêbado de luz até as canelas

Alguém 2 ficou feliz em ver algumas notas na carteira

Alguém 3 dançava absorto uma percussão sobre um ovo

Alguém 4 ficou aliviado com a comida na geladeira

Neste ano novo

Um copo foi levantado ao ar
um abraço em cada filho
braços abertos ao vento
um longo beijo na esposa

Um copo foi levantado ao ar
sorvido no longo gole
como se fosse um galope

Copo novo
sopro no vento
lamento à sotavento
só - lá longe - sobram lamentos

Saudade capturada
assim
mordida na torrada

Tudo é passagem
nada depende da bagagem

ser muita
ou pouca
não é só o que se sente
ao longo de alguma parte
da viagem

Todos tentaram angustiados
atravessar a fina membrana

Ao mesmo tempo

Será que alguém conseguiu
passar completamente
neutro
pelo estreito caminho
entre um ano e outro ?

Será que alguém foi tão
lento
achou longe o mês de abril
vestiu uma roupa de linho

E, logo após a festa

deixou-se levar
solto
até ficar fino
e quedar-se na fresta
entre um ano e outro ?

Entrudo deselegante

Talvez vocês já saibam - que gosto de caminhar
como hoje - por exemplo - debaixo de chuva
pequenos pedregulhos esfarinhando com o tempo
transformando-se em poeira na primeira curva
justo onde imaginei o mar
onde - descuidado - soltei meu pensamento

Passei pela vitrola antiga - atingida pela bola
escondi na lenha o relógio quebrado
consegui contar todos os traços na calçada
através do caminho de casa - até a escola
tive medo de cair no pontilhão assombrado
e arder no cheiro da água - contaminada

Não sei porque coisas tão ardilosas
juntaram-se a mim nesta caminhada
pisando suave a estrada
e saltando comigo as poças
d'água

Até o momento - tudo era trivial
somente meu transtorno
arrastando-me - canibal
por este cerrado - torto
e sem contorno

Mas

começo a notar - que não vou só
por onde incomodam-me - meus pedaços
meus olhares escassos - embrulhados
num paletó

Passo por índios - de olhos abertos
mendigos congelados - num trenó
posseiros flutuando - no mangue
viciados em crack - na lama
negros esquartejados - no tanque

E eu ainda caminhando - sobre a grama
salto espaços usando muletas

E escravos empalados - na cerca
E olhos espalhados - no cascalho
ainda adorando - seus senhores
nos braços - de um espantalho

E eu tentando proteger - flores

E o esgoto podre
rolando na beira da estrada

Pra onde foram seus gritos ?
Alguma prece - últimas palavras ?
As luzes do desespero - aflito ?

Tudo ali - bem perto
despedaçando diagramas
perfurando universos

E eu imerso - em hologramas
tranquilo e disperso - no ócio

Por que acho - tudo isso - normal ?
Por que escondo que conheço - os criminosos ?
Isto tudo não é cotidiano - trivial ?

Mas não precisavam ser - tão mesquinhos

e virem morrer - no meu quintal !
Muito menos incomodar - meu caminho
meu retiro espiritual !

Estava tão linda - minha poesia
eu e meus pensamentos - sozinhos
com os recortes da minha - infância

E - agora - somente de tudo
esta distância - penetrando fundo
este entrudo
em total deselegância ...

Pensamentações - II

Quando me virei
você brandia uma arma
atirou sorrindo
a arma no chão

Eu sei - eu sei

Eu não sei
o que é solidão

Eu estava uma pilha
tomando sorvete de baunilha

Então

um risco sólido como grafite
um veloz grão de alpiste
acabou com a vontade
de comer abacate

Eu disse que a terra é redonda
ele disse que não e gritou:

- Prato !

Um ruído seco
tiros

Não sei porque lembro de um morcego
sobre a grama alguns cílios
e nada mais me amedronta

Lá na beira do rio

Um prato quicou quase no exílio
nas folhas pardas da sombra

- A pátria é minha vida !

E a pátria, coitadinha
mal sabia ser tão amada
bobinha
às vezes mesmo atrevida
era vendida por quase nada

- A pátria acima de todos !

E o filho da puta
mordendo a fruta
até o osso
vendia tudo
até a pátria - traficada
no intestino grosso

- Deus acima de tudo !

E os filhos da puta posando de alma pura
se divertem estuprando indígenas

Como sábios alienígenas
se erotizam empalando negros

E donos de divinos segredos
do alto de suas gordas panças
escravizam homens, mulheres
e crianças

Eu até pensei em comprar uma arma
um fuzil
e fuzilar o primeiro fascista
que aparecer neste céu azul
anil

Mas, meu karma

meu lado prático
esqueceu o ódio ardente
e, no lugar do fuzil automático
preferi
implantar um dente

O idiota insistia em falar do kit gay

Em minha calma de minhoca
eu gritei:

- Hei !!! Alto lá !!!
- Devagar com este ardor !!

Sem controlar seu amor

meu bem - faltará
mamadeira de piroca

A enxurrada de besteira não para:

- A terra é plana !
- Vi Jesus na goiabeira !
- A cultura é comunista !

Enquanto isto - até onde a vista alcança
antes ou depois da feira:

- o negro vai em cana
- o escravo é descarnado na balança
- a fome corrompe - escandaliza

Nesta terra sem eira nem beira - sem nada
quase completamente desencarnada

Impressões do caminho

Enquanto caminho - sozinho
em uma estrada - de terra vazia
sem árvores em desalinho
debaixo do sol forte
observo - a leve brisa

curvando - o capim disperso
na beira do caminho

Eu aguardo um enigma - ao norte
por isso eu - indeciso - me desespero
penso nas coisas derretendo - feito sopas
penso nos corruptos - como sapos
com enormes dentaduras - nas bocas

penso em todos secando - como estopas
obedientes no varal !

secando suas volúpias
escondidos no quintal !

Na curva do horizonte - a brisa
ainda frisa - o longo caminho
o fugaz espaço aflito
o pasto que o tempo - rumina
que o tempo - cultiva
expandindo-se em conflito

Flutua no ar uma grade - fina
quase ardendo - quase relativa
enquanto reflito

O que faço quando o esgoto - transborda
nas linhas murchas de uma - folha ?

ou um pássaro passa por mim - estranho
voando abaixo da nuvem - espessa ?

e de alguma forma
                deforma a bolha
o que faço ?

O ar sobre a minha - cabeça
pesando tudo - que foi dito
até a cor que - curvando
abaixo-me e - apanho ?

Um peso uma força - de arrasto
                prende meu crânio
                induz razões enquanto - passo
como o capim - crescendo demais

o céu azul - demais
os caminhos - simultâneos
demais !

Uma cerca de mourões - velhos
serpenteando indecisa - ao meu lado
tensionada por aranhas - de topázio !
um séquito de escaravelhos !
                esquisito…

um gato pardo - estouvado
criando abelhas num - pirulito ?

fácil !

Sinto alongarem-se - o occipital
                o parietal

enquanto ainda caminho
em uma estrada de cascalho - grosso
a trivial rocha pálida - de carinho
digerida no intestino - exposto

E eu como todos - na confusão geral
recebendo como todos - minha carga
                                        letal

Caminho no meio - da estrada

nuvens se formam - com velocidade
logo à esquerda - da cidade
à esquerda do ócio
à direita da tartaruga - atropelada
reunindo-se com trapos - e ossos

Escuto as gargalhadas - dos corruptos

mas não imagino de onde vem - tanta água
talvez para lavar seres - em sacerdócio
talvez mágoas
talvez coitos - ininterruptos

Acho que não tenho roupas - adequadas

meus braços alongam-se - imberbes
parecem formais catracas
longos lentos quase - inertes
quase encostando no chão - de pedras

resistem ao meu avanço
como uma força - de inércia
dentro do olhar - que nunca alcanço

Peripécias !

Percebo sentimentos - de alegria
no horizonte limpo - e raso
árvores verdes - verdes profundas
caindo todas lentas - no vaso
mortas de crônica - alergia

enquanto ainda caminho - já quase corcunda

Meus olhos rolam - como bolas de boliche
girando indecisos - como gôndolas abertas
comendo toneladas - de sanduíche
olhando vitrines à procura - de ofertas

Enfim - posso sentar-me nesta hora - incerta...

Mudas vuvuzelas escondendo panelas

Onde estão as panelas ?

Faltando pão nas ruelas
camadas de pó nas panelas
tuas mãos acendendo velas
teu cão urinando nas vielas

A violência da polícia nas favelas
a ração faltando nas gamelas

Como salmonelas nas suas belas
                              panelas

Como se fossem sentinelas
sentem-se longe das celas
sentem-se as fartas ramelas
e como se fossem lindas selas
apenas sentam-se nas cancelas

Criticados - ressentem-se nas janelas
entupidos - estes mentais banguelas

Surdos - assistem lerdas aquarelas
mas - enquanto isto - resistem as favelas !

Como se fossem incongruentes seriguelas
                              fritando nas panelas

O trabalho árduo andando - de chinelas
mas - tu nunca deste muitas trelas
criticado - apenas despes cautelas
os famintos caindo em dez mazelas

Enquanto tu finges que desvelas
os pés descalços nas banguelas

A peste grassando nas favelas
e tu - simplesmente - pedes cautelas ?

Como se fomes ... fossem chorumelas
nas mais gosmentas goelas

Tu ardes buscando luzes em arruelas
detestando obras de arte - citando redondelas
enquanto árvores perdem suas flores amarelas
aves - como urubus - plainam sobre favelas
e os avessos insensíveis ... só abrem cancelas

Livrando monstros terços ou quartos na capela
tu - mesmo - quantos tropeços na canela ?
quantos arremessos - odores - querelas ?

Arco teso lançando sopros de vento - sem cautela

A ruidosa realidade das mudas vuvuzelas
a trivialidade das mudas vuvuzelas
                              escondendo panelas !

Mas - enquanto isto - resistem as favelas !

Os aterrados

Minas não é mais feita de ferro - retornou ao lugar do minério
Minas virou um necrotério - um lugar perverso

Um imenso cemitério de desvalidos - dentro de um jarro
fúnebre - uma multidão dentro do barro
entregue - uma multidão de esquálidos

Desaparecidos no barro !

Qual foi a serra que desabou ?
Qual era o PIB do soterrado ?
Qual era a cor do aterrado ?

De quem ?

De quem era a vida que parou ?

Lama

barro boneca sacos
sapatos cadeiras tijolos

Lama

telhas roupas camas
um fogão uma mesa

Lama

uma perna um braço
cabelos olhos abertos
um bebê uma menina
dois meninos
um grito de desespero
correrias
choro

Lama !
Lama !
Lama !

Onde, meu deus ?
Onde ?

Longe dos privilégios
longe dos poderes - institucionais

Lá

no Jardim Monte Verde
na Vila dos Milagres
no preciso ponto

onde a fome
encontra o desespero

e a lama
e a lama
e a lama...

Eu quis entender

Eu quis entender - como é afogar-se na lama
desde o primeiro sobressalto - assim - o susto
até perceber-se ali - emboscado pela trama
o fluido penetrando denso - como um arbusto

fácil e turbulento
desarrumando tudo
mamífero violento
estranho e - mudo

Ali - só - será que tenho tempo
de me debater ?
sendo arrastado - revirado
esquartejado
sem poder nadar - neste naufrágio
ao bel-prazer
do poder do barro - finalmente
liberado ?

lava fria e viva
quebrando braços e costelas
em estranha lascívia
da dor que me esfacela

Logo o barro enlouquece
como se uma chama
enlouquecesse no limite
de sua paciência
e eu engulo e respiro
e me transformo nesta lama
alucinada disforme demência

Expelida por uma glândula
a terra líquida me reclama
me arrasta numa gôndola
e - só depois - a mão calva
me deposita - numa sombra

No fundo - no fundo
de minha alma
tudo isto não me assombra
pois vejo a morte - com certa calma
no apagar-se
do que me alumbra

Mas

a destruição da vida
pela ganância
grita um escárnio - uma ofensa
que destrói - corrói toda
qualquer substância
desde um sonho
à imaginação - mais intensa

E - como o barro - não para !

Desfila sua mania autista
na procissão veloz - alucinada
completamente envaidecida
da lama - da mineração - da mão assassina

Por que ?
Por causa do lucro ?

Esse deus louco e xucro ?
Que segue onipresente
como único cromossoma ?

Que arrasta - tudo - em lívida arrogância ?
Que se faz tão puro e eloquente
neste esquálido - escandaloso - insepulto
sepulcro ?

Sepulcro …
Insepulto …
Sepulcro ...

Minas Gerais, com quantos ais ?

45

Minas Gerais, Minas Gerais
com quantos ais
com quantos ais
retiras teus minerais ?

Com quantos ais ?
Com quantos ais ?

Mineral valor
de mente tão lúcida
vales mais do que o amor
vales mais do que a vida

Minas Gerais
com quantos ais
retiras teus minerais ?

Tenho sede
e dá-me pedra
enrolado na rede
eu sou uma quimera

Minas Gerais
com quantos ais
retiras teus minerais ?

Eu tenho fome
e dá-me terra
sem face ou nome
eu sou todo o que erra

Minas Gerais

com quantos ais
retiras teus minerais ?

Tenho as mãos
e dá-me o deserto
liberto dos sins e nãos
eu sou o buraco aberto

Minas Gerais
com quantos ais
retiras teus minerais ?

Tenho um sonho
e dá-me a prisão
absorto e medonho
eu sou a incômoda lesão

Minas Gerais
com quantos ais
retiras teus minerais ?

Tenho família
e corta-me as raízes
delirando na desvalia
nós somos as meretrizes

Minas Gerais
com quantos ais
retiras teus minerais ?

Tenho febre
e dá-me a lama
então, empedra-me
e deixa-me nesta cama

Então, empedra-me

e deixa-me nesta cama !

Minas Gerais, Minas Gerais
com quantos ais
com quantos ais
retiras teus minerais ?

Com quantos ais ?
Com quantos ais ?

Minas Gerais ?

MONSTROS

Pensamentações - III

Uma árvore é - aproximadamente
um lento hai-kai

Uma noite
Um vento
Um açoite

A lua lentamente se aproxima
e ali - cai

A bolha do olho tortura - a parede branca
completamente solúvel

Um sapo obeso se arrasta
no piso crespo
quase um - entusiasta

Aplastrado na pata da potranca
claramente - volúvel

Quantas coisas são cruéis
porque flechas são caolhas

Ventres de acrílico
Gravetos de folhas

Morrem como velhos císticos
falsos exatos agnus fiéis

A ponta da faca risca
a face da pedra

Pequenos minerais
Um grão
Uma parte

Mas - na verdade
supôs-se que era descarte

um cisco - um alface
no vermelho da tarde

Bala é palavra riscando o ar

Dedos lâminas sobre o pó

A aranha destruiu
tudo - sem dó
num único rodopio

sem vergonha - de te chamar

Palavra é bala deslocando o ar

Línguas lâminas sobre o pó

A aranha destruiu
tudo - sem dó

num único extravio

sem vergonha - de te queimar

Um estilete coça - a barriga
do sapo

Uma pedra justaposta
Prato liso - escalpo

Sombras não mostram - costas
mas - não adianta

O conteúdo - da garganta
se derrama no asfalto

Deuses indígenas
Desaparecidos africanos

Espíritos tímpanos medos transtornos
Alienígenas !

Extinto borrado contorno tudo

Diluído contudo
em plásticos de pano

Seres espaços troços - bem nutridos

Moscas de aço - nas caboclas
Senhoras vistosas - de pruridos

exibindo braços - perdidos
seviciando trêmulas - loucas

O corpo existe

A arma na mão

Bastou um não
e o cristal não resiste

Tu és tu
Armado violento

Um tofu triste
Ao relento

Tu
vil
lento

Seco
como um cepo

Quando você deixou-se esvaziar

Quando você deixou-se - esvaziar
seu ódio foi tão intenso
como a borda - de um precipício

O fim - o princípio - o delírio
sua vida imersa
seu corpo suspenso

Não - em algum lugar talvez
sua vida - solidificada talvez
desde o princípio - por uma farpa

Transversal
indo desde o olho - até a ponta
de uma unha encravada

Então - sempre o ódio

este ódio caolho
como uma mensagem de socorro
numa procissão de barcos
à deriva

Barcos - encalhados no meio do mar
pássaros - sobre um deserto sem porto
e - pelo menos - dois olhos

Incapazes de luar
como potes ocos - flutuantes na brisa

Fala de deus
de família

de comportamento
como se houvesse - eleitos seus
com o sagrado direito - de dizer

quem merece morrer
quem merece viver

Alma presa numa bilha
cheia de lacunas - lamentos
chora - como um anjo - caído
quando sofre

o que profetiza

O desencanto

De repente - o desencanto
e uma reles legião
incita o ódio no povo
nutre o ovo do ódio

Deste desencanto - poder dos objetos
nasce a vida - como estorvo
do olhar abjeto - congelado
nasce o espanto - como corpo
vulnerável - e profanado

Multidões de pedaços
flutuam no desencanto
de nosso sonho - egoísta
que sai do seu canto
arrogante e devasso
sem ter quem lhe - resista

Obra de quem - este eu ?
Narciso no privilégio
nascido no paraíso ?

obra de quem - este meu ?
objetos onde me vejo
resguardado do vulgar
restituído do meu desejo
que o espelho desistiu - de olhar
e travestiu - ou derreteu ?

Mundo binário

Quanta coisa diz um bit
com o sim e com o não
antes mesmo que eu aperte - a sua mão
uma imagem feita - de zeros e uns
convence mais do que olhares - desesperados
ou três doses de rum
ou dois lábios alucinados

Em um zero eu te amo
em um um eu te odeio
mais um zero e eu sumo
outro um e fico no meio
sem saber-se qual rumo
devo seguir em frente
ou se ainda desapareço
ou se durmo simplesmente

Nesta vida tão binária
eu sei - conheço tudo
desde a coisa mais ordinária
ao raciocínio mais agudo
simplesmente conheço - a vida
desde o início até sua morte - lívida

Os mais velhos conhecem
o que não mais existe
espantam-se com nossa vertigem
quando digo que nada persiste
que tudo é recriado agora
na frente de quem assiste
sem saber o que fica dentro
sem saber o que fica fora

ou talvez - fique suspenso

Então, perguntaram-me:

Qual o nome destes deuses - criadores ?
Quem desenha os zeros e uns ?
Quem tão bem projeta - estas dores ?
E pinta a vida em amarelos - cartuns ?
Quem me convence que o bit - me ama ?
E me faz ansiar esperar este amor ?
E me deixa louco na cama
sem saber - se algo é ardor
uma simples - fragrância
ou se perdi alguma - dança ?

Nada respondi - que arrogância !

Perguntaram-me:

Você conhece alguma esperança ?
respondi - não sei o que é espanto
nunca me criei para ser criança

Perguntaram-me ainda mais:

Você possui utopias ?
Então - os bits disseram coisas loucas
respondi duas ou três sinestesias
mas - as razões foram poucas
utopias - como assim ?
Se fossem epifanias
a cor azul ou mesmo carmim
eu responderia - sem esta voz rouca

Mal sabem que sei mais
muito mais do que substantivos

ou do que sabem meus pais
pois - com meus olhos relativos
conheço a alma humana
sei quantos bytes tem
sei que vive uma semana
dentro de um copo - que a contém

Os filósofos não mentem:

Todos nós - dos bits viemos
e se nenhum hacker atrapalhar
aos bits - todos retornaremos
documentados - em um simples celular

Natureza

Uma borboleta pousou
no parapeito da janela
um lindo pássaro
pousou ao seu lado
olhou-o com ternura
e devorou-o

Como se arrotasse
abriu as asas
alongou-se
e voou

Eu disse:

- A natureza !
- A natureza !

Uma vez um homem
admirou longamente
uma galinha esperta
segurou-a pelo pescoço
e torceu-o

Parecendo importar-se
abriu longos braços
levantou-se mesmo
no breu

Eu disse:

- A natureza !
- A natureza !

Ao caminhar em uma serra
algumas rochas rolaram
rolaram sobre pessoas
pedaços
pedaços

Eu disse:

- A natureza !
- A natureza !

Mas

Parte do que existe
eu não sou natureza
ou a fração que insiste

Sou a outra parte
com algo de tristeza
um pouco de brasa
que insiste - e arde

Ou - ainda

Uma outra metade
que - sem saber-se casa
mistura-se com a tarde

Eu perguntei:

- Natureza ?
- Natureza ?

- A natureza ...

O ato técnico

Três sábios cabisbaixos leem
tecnicamente

lembrando de quando lambiam
botas dos políticos - prostituíam-se

tecnicamente

Agora foram chamados - a pagar
tecnicamente

pelos cargos generosos
devolvendo favores - onerosos
aos seus angustiados - cafetões

tecnicamente

Desempenharam garbosos - seu papel
tecnicamente

algo talvez desgrenhados - algo cruel
como sole ser em atos sexuais
de prestimosas - habituais
prostitutas

tecnicamente

Esqueceram-se pois - que a técnica
erotiza - como máquina
e seus lábios tremeram - exsudações
como quando os cafetões

tecnicamente

lembraram-se do gesto fluente
de como é bom poder pagar
prostitutas - neste suave lugar

tecnicamente

Pensamentações - IV

Advertência:
Eu sinto muito - o mal sentido
o que você vai ler - foi escrito
em um país infectante
numa tarde estranha - exangue
completamente - pálida
como um hálito - de salada

Sabe - ele derreteu
e desprezou - o que amou

Assim

me diz se fui só eu
me diz se alguém mais - sonhou
ou se alguém mais - sobreviveu

Sem alarde
alguém arde
numa obra de arte

como quem varre
a poeira da tarde

como tempero de carne

ou como quem parte
pro planeta - Marte

Uma guerra
foi aberta
no horizonte

como a bolha d'água
rasgada
delirante
justo onde
se esconde

Um gritou
o outro também - gritou
ambos mataram o garçom

- Eu posso !
- Você não pode !

Mas, ele realmente - pôde
e matou todos - os que pôde

- Eu quero mais !
- Eles também querem mais !
- Eu sou mais forte !
- Eles também são mais fortes !

E - assim foi - meu filho
entre uma risada - e outra
resolveram apertar - o gatilho

Se um copo flutua
que diferença faz
para o corpo
que afunda
em plena rua ?

Ninguém ligou
quando ele parou - de brincar
acharam que o punhal
era pra descascar - laranjas
amarelas
ou vermelhas

Pra mim - toda tarde é calma
imagine - então
um tanque entrar
na sua sala - e
educadamente - pedir

ratatatatatatatatatata
ratatatatatatatatatata

O anjo das coisas

Um anjo estranho anda - incomodando-me
utilizando as vozes - das coisas
e de seus sacerdotes

Eu desconfio - que seja um poder - ordenador

"Você só serve para trabalhar !"
"Vá trabalhar !"

Imagino-me uma doce - abelha
uma árdua - formiga

Começo a criar vidas - aéreas e subterrâneas

"Na vida só há aparências !"
"São poucas as aparências possíveis !"

Recolho minhas asas - minhas pinças
meu olhar noturno
as flores - a lua cheia

"Seu sexo só serve para a reprodução !"
"Mas não reproduza"
"para não atrapalhar a solução !"

Sim…
sem os delírios
as paixões
os devaneios ?

Ah !

Então, tenho uma missão
um destino nobre - para meu intelecto
uma carga relevante - para meus braços
eu e o mundo…

"Escute, só o trabalho enobrece !"
"Só ele permite que:
respire
beba
coma
durma
vá e volte de seu trabalho"

Senti-me - cuidado
alguém se preocupa - comigo
e inquietei-me:
e os problemas ?
as outras pessoas ?
minha família ?
meus amigos ?

E o resto - todo ?

Prezada - voz das coisas …

"Pessoas saudáveis não se inquietam !"
"Inquietações destroem a harmonia das coisas !"
"Os sacerdotes se inquietam por nós !"
"Os deuses se inquietam por nós !"

Comecei a sentir-me - entre o sentido
e a razão
um espelho refletindo-me - intestinos

Por que intestinos ?
O que significa esta forma - fraturada ?

Esta flor - hepática ?
Esta holotúria penetrando - a úmida orquídea ?

"A maravilha da arte é representar as aparências !"
"Não pense muito, trabalhe !"
"Não desconfie"
"veja você como um martelo
pregando pregos
algas ao sabor de ondas precisas
partículas coloidais totalmente brownianas
ou como se estivesse em naves suicidas !"

Senti-me - completamente nu
mas como parte - de um sistema
e - não sei porque - lembrei-me - de minha infância

Como parte - de uma família ?

Talvez ... ?

"Olhe para frente !"
"A história só alimenta desconfianças
só expõe os erros !"

Realmente - os erros acumulam-se -
as dificuldades
as imprudências ...

Acho que começo a entender - a solução
não é ... ?

"A filosofia não pode pensar o que não foi vivido !"
"Portanto, não serve para quem deseja viver !"

Senti-me - desejando viver
eficiente - quase sem pensar -

uma coisa - objetivada
uma trajetória - infinita

Sim - quero viver !

Uma alegria estranha - assaltou-me

Anjo estranho - o que é viver ?

E o anjo das coisas - calou-se
como se eu não entendesse - seu discurso
ou - não fosse sobreviver

Jugulares - por favor !

Vocês - que falam do alto - dos seus buchos cheios
e lustrosos
não se esqueçam - que seus alicerces
são os ossos dos amotinados

Vocês morderam - uma jugular
excitam-se com o gosto - de sangue

Muito bem !

Deixem este gosto percorrer - seu corpo
em frenesi

E queiram mais !

Há mãos poderosas
quase divinas
dispostas - à alimentá-los
extasiá-los neste novo - prazer

Vocês - que gritam do alto - dos seus buchos cheios
e lustrosos
xingando rebeldes - de vagabundos

Como podem - trabalhadores
terem tempo - de pensar ?

Jugulares - por favor !

Muito bem !

Deixem este ardor percorrer - seu corpo

em frenesi

E queiram mais !

Mãos generosas
quase mágicas
hão de provê-los
masturbá-los neste novo - prazer

Vocês - que regurgitam do alto - dos seus buchos cheios
e lustrosos
não se esqueçam que seus - alicerces
são as almas - dos amotinados

Vocês morderam - uma jugular
e continuam pálidos

Por que ?

Deixem esta lagartixa - transparente
percorrer suas artérias
em frenesi

E queiram mais !

Serão providos
há muito mais - escravizados
desejando liberdade

Liberdade ? Como assim ?

Todos já são - livres !

Jugulares - por favor !

Instrumental

Mesmo andando em linha reta
meu caminho é um pedaço
                sem substância
nenhum abraço me aperta
flutuo largado no espaço
sem percorrer qualquer - distância

Ao andar - me fragmento
as coisas se movem
                como vento
                        como lamento

Aliás - neste momento !

coisas são perdidas - naquela nuvem
cores vermelhas - amarelas - orcas
abrindo dentes paralelos
pisando em partes expostas
onde passo - como flagelo

Onde - único - resvalo asco
                sobre cascalho
                        sobre paredes
lânguidas - de orvalho

Não é só você - nada está perto
as pessoas são ruptura
são objetos em laço aberto
parte do que era - criatura
parte do que era - dúvida

Não me chamem - nefasto !

só porque quero comer
                quero beber
                        quero morder
só porque tudo é o que quero
                e - quando nada espero
                        claro - nada pode ser

Assim - sob este sol - que míngua
eu - solenemente - declaro:

meu olhar - gasoso - aerossol
minha língua - abrupta - lúcida
querem somente - te lamber

Ele queria ser um robô

Ele queria ser um robô
revestiu-se de algoritmos
queria-se forte
incorporou-se - em um trator
zombou da morte
despiu-se de ritmos

Adotou comportamentos
de crueldade - de máquina
sem qualquer lástima
armou-se - de desprezo
sentiu-se novo - sem peso

E arrogante - como uma máscara
zombou de todos - os sofrimentos

Tinha - finalmente - assim
transformado-se - de fato
no laço - espiral sem fim
esquálido de furor - e afetos

Mais ainda - desprezava o amor
e - no transporte do delírio
queria-se - alma do martírio
misturando-se - ódio e dor

Seguia entre frágeis libélulas

Erotizado por bits - e paredes
desconhecido de si mesmo
destituído de sabores - e sedes
vagando entre moléculas - a esmo

Seguia entre frágeis libélulas

E - a última vez que o vi
transtornado e violento
mordia sem dentes - um sapoti
completamente - desatento

O ódio

O ódio está no pódio
opróbrio
o ódio se diz pró (anti)biótico
com muito sódio
em um só dia
o ódio quer
apagar sua filha
sem muito ópio
sequer sem um pio
o ódio quer
apagar seu filho

Em que consiste
o joelho no chão
do consistório ?

Em que supõe
o dedo na pastilha
do supositório ?

O ódio
(dis)utópico
completamente tópico
quase trópico
sempre vulgar
com o dedo no nariz
ao estuprar
a própria cicatriz

Opróbrio
o pró (anti)biótico
ódio

está no pódio

Estamos
em um nó górdio
onde o ódio
está no pódio
opróbrio

Lógico
o ódio tornou-se
(dis)utópico
o tópico da vida
comprimida

Tudo à preços módicos
completamente eróticos
o extremo da mente
dos neuróticos
dos neo eróticos
ódio com óleo
no antro do dia
o ódio
é quase andrógino
anódico
catódico

O ódio de angina
o ódio com propina
o ódio código
despótico
o ódio micróbio
distópico
dos trópicos
(prepare-se
pro diagnóstico)

Ah ! Como é boa a minha vida...

Vou vender sua comida - até você morrer de fome
vou vender sua água - até você morrer de sede
vou erotizar suas crianças - até que virem boas prostitutas
vou educar vocês - até que me adorem

Lembrem-se - só há recursos nos meus dedos
                              seus putos

Vou treinar os seus neurônios - até que vocês
                         se odeiem
                   e - finalmente - se matem

Vou mostrar uma parede - na sua frente
completamente intransponível
completamente transparente
até que - cansado de ficar em pé
você deita-se na cama - disponível
com um pires na mão

implorando - com razão

para eu ligar sua TV
e dizer-lhe o que fazer

Vou encher seus desejos - com coisas
até que - vazio de afetos - pare de sonhar
ou - ansioso - tenha sempre medo

de alguma coisa nova !
Novíssima !

Ontem mesmo - acordei - percebe ?

Notei que você começava - a repetir
                os gestos
                os hábitos
                os objetos
                os sentimentos

E cai - lá fora - uma chuva
tremendamente velha - batendo na janela
                o mesmo funk frio
                molhado - escorrendo feito coriza
como todas as suas culpas
como se eu deixasse - alguma esperança
                                à vista

Eu tive que rir - que ironia
achar que a chuva - lava as coisas
achar que há algo - atrás da vidraça

Que psicótica mania !

Saibam - tolos - só há uma sinfonia:
            só eu posso ser absolto
            só meu gene está livre - na praça
                só o meu coito
                só o meu coito - tem graça

Monstros

Nunca acreditei - em monstros
nem em fantasmas
mas - de uns tempos para cá
comecei a ver monstros
cada vez mais - impiedosos
cada vez mais - violentos

Talvez
eu não soubesse - existiam ?
não teriam escamas ?
seriam verdes - amarelos ?
dentes pontiagudos - chamas ?
rabos - latiam ?

Mas, não

São como qualquer pessoa
vestem-se - como nós
digerem comidas - à toa
conversam - não estão sós

Seus filhos vão pra escola
frequentam bares - restaurantes
quando podem - como qualquer pessoa
têm saudades - quando distantes
até mesmo - jogam bola

Mas
são monstros - com nome
olho - corpo ...

Basta um sopro

e matam - torturam
fazem sofrer - de fome
excluem - como uma foice
na solidão - perfuram
de humilhação - como um coice

São monstros
e parecem pessoas - risos

Alguns jornais - dedos frisos
persuadem - algumas moscas
dizendo - modernidades toscas
um bando - talvez tolos vivos
omissos

Como se houvesse - valor
no feroz - no fel
no torpor - no cruel

Como se fosse - moderno
o sangue - extraído do suor
a garganta - apertada no nó
o amor desistir - de ser eterno

É natal

Para quem é natal ?

Para o índio
para o negro
para o doente mental ?

É natal !
Fica decretada a felicidade geral !

Quando o ódio é a hóstia compartilhada
consagrada no preconceito

Para quem é o natal ?

Para a alma reclamada
para os braços vazios
para o tiro no peito
para o corpo boiando no rio ?

É natal !
Para quem é o natal ?

Para o idoso abandonado
para a criança violada
para o gato pardo
a água evaporada ?

Será que o natal
é um barco à deriva
destroçado no capinzal
exposto à ruína afetiva ?

É natal !
Para quem é natal ?

É dos gatos siameses
exclusividade dos ricos
euforia dos prazeres
êxtase dos pudicos ?

O que é feito de Francisco
o que é feito de Conselheiro
o que é feito de Cristo ?

É realmente natal ?
Para quem ?

Há uma guerra construída

Há uma guerra construída
como um prato de comida

compraram-se todos - os ingredientes
numa manhã de Sábado
a dosagem exata do tempero
a virtuose dos cozinheiros - mais de um
orgulhos da raça - o toque de gênios

Há uma guerra construída
como um prato de comida

que desenrolou-se
como todo bom massacre
como um rolo de papel higiênico
ou um fio de macarrão:
um lado retirou-se - deixou o amigo
na boca do urso - e o urso
       mastigou
       mastigou
       mastigou

Há uma guerra construída
como um prato de comida

parece que disputavam
uma porca de ouro
duas braças de seda
talvez uns pedaços de pedra
ou umas ostras
que só iriam amadurecer
amanhã

Há uma guerra construída
como um prato de comida

após o massacre
não só se ouvia o silêncio
os cozinheiros dormiam
depois de apertar - as mãos
disseram um - até breve
em qualquer outro lugar

E, apesar de tudo
muito sofisticado
a comida estragou
e - no caos desperdiçado
tudo - tudo naufragou

Silêncio num míssil

Dissolveram tudo
num copo d'água
numa lata d'água
numa piscina

A tarde amarela e fria
corpos frios - pedaços
de nuvens estralando
nas vidraças - mãos frias
pedaços
pedaços
explosões e pedaços
explosões e pedaços
de aço - de braços

Catapultas de silêncio
nas mortes aos pedaços
pensamentos - aos pedaços

As torcidas gritavam na distância:

- Sou contra !
- Sou a favor !

Alegria e ódio
em uma única explosão
lubricidada
na lúbrica cidade
silêncio - aos pedaços
num míssil

Antes do incêndio

a principal carga - do míssil
era o silêncio - aos pedaços
aos pedaços

SOBREVIVÊNCIA

Claridade escuridão

Na escuridão eu penso
na claridade esvazio
um copo e meio suspenso
mergulho no delírio
da total falta de luz
e, assim como supus
retorno ao lento desvario

Estranho

Fecho os olhos completamente
quando só gestos ou só transes
eu abro os olhos displicente
e durante pesadelos e mesmo antes
de sermos tolos ou amantes
arrastados neste vento persistente

Estranho

Triste, abro os olhos no infinito
transbordo como algo que dissolve
alegre, cerro os olhos sem conflito
entrego-me à escuridão que absolve
toda culpa, toda dor e me devolve
lúcido sobre a fina folha de granito

Estranho

Não reflito na luz que cega
prefiro a sombra do olho negro
que, na aridez de afetos, nunca seca
podendo condenar-me ao degredo

retirando de mim destino e desejo
como uma fruta desiste da virtude e peca

Estranho

Ao descansar, preciso de cores claras
preciso da energia que ofusca
e só permite a água rasa
onde é fútil toda e qualquer busca
como se a natureza perdesse a força bruta
e esquecesse seu dente numa praça

fria ...

Estranho

Quase simples - súplica

amor louco - transtornado
nos seus olhos - promessas
no suor na pele - ao lado
nos seios pelos - gotas
sucos rústicos - orvalhos

amor louco terras - grutas
lindas pernas tantas frutas
salivas - línguas - rotas
brilhos olhos beijos uvas

a virgem e o espantalho
amor louco no delírio
lábios pernas cantos - lírios

retornando ao cascalho
simples pedra que rola
perdida na marola
escutando chocalhos

qual onde como quando ?
abrolhos olhos - espantos

vida translúdica
até detrás de nuvens
ou atrás de árvores
pecados te absorvem
na ilusão súbita
quase simples - súplica

O centro erótico dos fragmas

Eu caminho
tu caminhas
nós caminhamos
pode ser - em desalinho
pode ser - só entre linhas
pode ser - nos campos
de batalha

contra a peste
contra a fome
contra a injustiça
contra os canalhas

Basta-me - a força agreste
a rústica - aridez insone
anticonsumista
até onde a vista - falha
se traveste
ou some

O caminho não é - um deserto
cheio de vazio - e silêncio

Nem é uma trilha - íngreme
equilibrando-se num delírio - pênsil

Não é um pântano
lâmina suspensa - na planície

Não é um lago
volume profundo - de cristal

Não é um mar

superfície - sem horizonte

O caminho não é - um desafio
como um passeio - lunar

Só é um caminho
porque caminhar - é desviar o rio

Não se assuste - se eu disser

que estamos no antilugar
onde não podes adormecer

No antiespaço
onde não despertamos

No antiâmago
onde só existe - o lado de fora

No antigesto
onde nada se procura
antes - ou depois - da aurora

Aqui respira-se - o antiafeto
onde morreremos - asfixiados

Cultiva-se - a anticompaixão
onde estaremos - sós
e desesperados

Encontramo-nos
no centro erótico - da antivida
onde os fragmas - ejaculam-se
do transtorno - de quem padece

Onde a única coisa - mesmo descabida
é caminhar como se tece

na exata trajetória - que se faz
ao caminhar - numa despedida

Mas - para onde ?

Acho que serve - o exato início
qualquer - ali - onde se esconde
o exato destino - que seja princípio
de sonho ou dor - que se desfaz

Esqueci de dizer - meu amor
                              pra sonhar
este caminho de imagens

sem fragmas - erotizados de ódio
sem idiotificados - nas margens
da violência

Muito além - daquele episódio
onde a dor - seria mera - conveniência

e - por isto -

Eu caminho
tu caminhas
nós caminhamos
pode ser - em desalinho
pode ser - só entre linhas
pode ser - nos campos
de batalha
contra a peste
contra a fome
contra a injustiça
contra os canalhas

O sol está frio

O sol está frio
e corta como látego
o barro de nuvens soltas
se dissolvendo roucas
no caminho de estranho presságio
de poeira grudando nas roupas
quando
quando a tarde se abate
como um abacate
como o abade
frente ao pelotão de fuzilamento
clamando às pedras
um "eu lamento, eu
lamento"

Repelindo moscas como lepras

vocês percebem que eu evito pensamentos
enlouquecendo atrás de um palito
tentando compreender como
como
os olhos giram soltos nas órbitas
de cenho franzido quase estapafúrdio
enquanto eu olho no seu olho
à procura de coisas abstratas
sem saber do que se trata
tropeço - sem saber - num repolho
num piolho almoçando
num couro cabeludo

Mas

o sol está frio
e corta como látego
o barro de nuvens soltas
se dissolvendo roucas
no caminho de estranho presságio
de cores cínicas grudando na sopa
como um bode
lá no fim da tarde
dançando xote na pinguela
se esgoela
se esgoela e morre
sem alarde
o rabo ainda repelindo moscas
de Marte

E - aqui - eu
continuo espiando as coisas
as coisas
atrás de um palito
quase sem atrito
tentando saber

- Aonde foram todos ?
- Por que abandonaram seus corpos ?

E assim só me resta
como um tolo
observar os longos sopros
arrogantes e tortos
saindo das tubas ocas
dos olhos frios
frios
dos braços pensos
como se fossem bocas
lambendo ladrilhos
mordendo silêncios

- Aonde foram todos ?

- Destronar lírios ?

- Abotoar túnicas de pedra ?

- Desenhar sementes no martírio ?

- Ter a ilusão de que o coração não quebra ?

Só rever
        bera ?

Afetos

Hoje
eu quero aproveitar para celebrar
os afetos
da água com o mar
não o do olho com os objetos

Os afetos da amizade
de uma árvore com outra
de uma alma que se revolta
durante uma tempestade
à procura do espírito que naufraga

Eu falo
dos afetos que transtornam
dos afetos que transbordam
mas também dos que calo

Daqueles que só observam
que acompanham a natureza
desenrolar-se em si mesma
da semente até o fruto
do nascimento à destreza
da ingenuidade ao astuto

É disto que falo:
da atenção e da paciência
da inquietude e da tranquilidade
de algo que transita ao largo
entre a franqueza e a tolerância
entre a tristeza e a felicidade

algo assim entre agrião e aspargo

Talvez seja fácil viver sem afetos
viver para si coberto de objetos

Mas
prefiro sair do meu corpo
e percorrer - um sonho esquisito
descobrindo-me - algo - absorto
na alma do outro - que transito

onde devo estar - logo
antes de esvair-se - a vida
com seu delírio - azul

Portanto - antes

antes da mordida - do pitbull

A luz e o tempo

Tudo se refaz tão lentamente
quando o tempo só flutua
e a pedra cai na minha frente
e o sol se vai riscando a rua

feroz e triste com a razão suspensa
vacila e erra e a busca finda
a perna sobra e a mão tão lenta
que só desdobra o nó que grita

Ó luz que sonha
rabiscando sua pele
nos pedaços de tempo
que tão só flutuam
grita e sonha sobre a lua
luz que ganha na poeira

a cor do sol e sobre a rua
e sobre o céu e sobre a feira
com tanta pressa, tão sem saber
se isto que pensa vai se perder

Ó íris lâmina tão nua
que embaralha o meu desejo
sobre a solidão - onde está você ?
onde a pedra cai na minha frente ?
onde o sol se vai riscando a rua ?

feroz e triste com a razão suspensa
vacila e erra e a busca finda
a perna sobra e a mão tão lenta
que só descobre o nó que grita

grita e sonha sobre a lua
luz que ganha na poeira
a cor do sol e sobre a rua
e sobre o céu e sobre a feira
com tanta pressa, tão sem saber
se isto que pensa vai se perder

Até mesmo - quando

Molhadinha - tu ficas
quando nervosinha - dás
quando meiga - dás

até mesmo - quando

quase sensual - dás
olhadinhas para o lado
debaixo - da chuva

Louca - tu ficas
quando - gritas
nervosinha
quando - gritas
meiga

até mesmo - quando

gritas quase - sensual
pernas - em desalinho
cabelos - escancarados
a cônica língua - desatada

tônica
agônica

crônica - de tão molhada
debaixo - da chuva

E - então - docemente
inexatamente
quando - a água nua

escorre desperta - pela pele tua
esvaindo-se - lânguida
quase - lâmina

deflorando-se !

Abrindo-se - em cortes
deixando-se - à própria sorte
molhando-se - mais uma vez

até mesmo - quando

túnica
única

mística - de tão úmida
debaixo - da chuva

Afinal - delírica - mente
penetrantemente

no declive - do teu desejo
quase - azimutal
quase - gotas na pétala
às vezes - quase ríspida

até mesmo - quando

límpida
intrépida

língua - de cristal
delineia - a ursa menor
sobre tua pele - incrédula
debaixo - da chuva

Uma colcha de retalhos para Belchior

Quem não iria querer que a vida pisasse devagarinho
                                nosso frágil coração
quando deixássemos de lado a certeza
e arriscássemos tudo de novo com paixão
ou quando fôssemos andar caminho errado
pela simples alegria de ser o bem de alguém ?

Aos jovens, à quem perguntamos hoje por onde andam
nos respondem quase sem paixão:
                        no facebook
                        no whatsApp

Apesar do desespero ser moda
                            como em 73
Apesar de andarem mesmo descontentes
                    mesmo desesperadamente

Mas muitos ainda não gritam !

Recentemente

muitos se descobriram ter
entre 15 e 17 anos tendo sonhos e sangue
na América do Sul

E por causa deste destino
gritaram o canto torto mesmo
                    feito faca
                        cortando a carne
                            cortando a carne
Perguntando-se:
                Por que tudo é proibido ?

Desejando liberdade
mesmo fora do escuro do cinema
aprendendo que palavras são navalhas
que nem tudo é uma canção

mas

que tudo pode ser divino
que tudo pode ser maravilhoso

Os quintais deixaram de existir
o sol percorre o céu entre espigões
mas queremos o amor profundo
                e ficar colado à pele dela
sim, noite e dia !

apesar das mentes de plástico
fagocitando todos os recursos
                todas as almas
ainda dizemos sim à paixão
morando na filosofia

E queremos gozar
e não perdemos o senso !

Decerto você nos disse:
        enquanto houver espaço, corpo e tempo
        e algum modo de dizer não

Mas eu não posso deixar de dizer, meu amigo
que uma nova mudança não aconteceu

Quer dizer, várias mudanças aconteceram, todas antigas
e que, há algum tempo, já eram antigas
hoje, o novo é o que precisamos rejuvenescer

Ontem mesmo
metemos o pé na rua "Like a thrown stone"
eu convidei minha menina
para sair à rua em grupo reunido
o punho fechado, cabelo ao vento, amor e flor

para exigir justiça
para impedir que as almas de plástico
nos escravizem

No presente a mente, o corpo é diferente
mas a escravidão é a mesma
é uma roupa que não nos serve mais

Você deve ter ouvido dizer num papo
da rapaziada
que vários amigos
que embarcaram conosco
cheios de esperança e fé
já se mandaram

É perigoso sentar-se à beira do caminho
pra pedir carona
faz sol e chuva na América do Sul
e temos saudade do que ainda não foi

Você desapareceu
depois de andar um pouco distante
mas não há mais normalistas

você tem sangrado demais, tem chorado pra cachorro
ano passado você não morreu mas esse ano você se foi
depois de considerar-se um sujeito de sorte
porque apesar de muito moço sentiu-se
                              são e salvo e forte
e deus é brasileiro e anda do seu lado

e assim já não pode mais sofrer no ano passado

Não esquecemos nem esqueceremos:

como é perversa a juventude dos nossos corações
que só entende o que é cruel, o que é paixão

a noite fria ensinou-lhe a amar mais o seu dia
e pela dor você descobriu o poder da alegria
e a certeza de que tem coisas novas
coisas novas pra dizer

de quem ficou desnorteado, como é comum no seu tempo
de quem ficou desapontado, como é comum no seu tempo

de quem ficou apaixonado
dentro do carro
sobre o trevo
a cem por hora

E as paralelas dos pneus n'água das ruas
são duas estradas nuas
em que foge do que é seu

Você não está à sós

Agora pode abrir a vidraça e gritar
gritar enquanto o carro passa
porque seu infinito
          seu infinito somos todos nós

Intertextuando Thiago de Mello

Do alto da tua indignação decretaste
que agora vale a verdade
que agora vale a vida
lembro-me ainda da tarde
uma voz pausada, comovida
dizer, como se nada bastasse
imaginando a humanidade coesa
que a verdade seria servida
antes da sobremesa

Esta voz está guardada
nunca mais será preciso usar
a couraça do silêncio
mesmo quando a mão armada
quiser, ousar, comandar o ar
ou instalar-se no solstício
onde nossa bandeira generosa
desfraldada na alma do povo
será como o gosto da aurora
ou um rio ou como fogo

Mas

Há muitos sonhos a arder
o lugar da palavra liberdade
ainda não é o coração do homem
e está desfraldada no amanhecer
de cada lugar de cada cidade
como a mais preciosa mensagem
pois, os girassóis estão em poucas janelas
a mentira continua sua trajetória
e escravizados em modernas caravelas

sofrem como em toda nossa história

A tua Amazônia, agredida, padece

A floresta perdeu seu silêncio doce
hoje, este silêncio parece o Atacama
lembra ?
Quando escutou seu coração ?
O seu silêncio sonoro exilou-se
como vapor, aroma ou chama
como sombra
ouvem-se ainda os ruídos da solidão
mas as estrelas
as estrelas continuam a conversar
ainda sozinhas, sobre a cor do mundo
ainda deixando de dormir para esperar
completamente perdidas no espaço profundo

Tenho ainda que declarar, poeta
que ainda faz escuro
e nós cantamos
e, hoje, vou brincar com rinocerontes
e, nesta mesma tarde, vou caminhar
com uma imensa begônia na lapela

Dr. Mesquita

Dr. Mesquita partiu
respirou o ar farto
assim, sem avisar, saiu
deixou-nos sós no barco

Quem diz que a dor
não corta, não destroça ?
Primeiro:
a lâmina cortou a cor
Depois:
o caminho da porta
Depois:
a flor que flutuava

Dr. Mesquita partiu
levando suas histórias
isto não se faz, viu ?
Deixar-nos sem memória !

O antigo tempo parou
pra instalar a nossa dor
até o sol louco se cansou
sem saber-se frio ou calor
e, sem ar, iniciou-se o aperto

Primeiro:
senhor, sou seu servo !

Depois:
senhor, traga-o de volta !

Depois:

senhor, abra uma porta !

Dr. Mesquita partiu
sem algo pra olhar
será que sentiu frio ?
Será que lembrou-se - do mar ?

A esposa, os filhos, os netos
os muitos amigos do mundo
tão longe e tão perto
tão raso e tão fundo

Primeiro:
senhor, onde está meu esposo ?

Depois:
senhor, onde está meu pai ?

Depois:
senhor, onde está meu avô ?
Ele já desembarcou no cais ?

E Dr. Mesquita olhava
sentindo-se longe e perto
lento, sorria e mergulhava
no céu denso azul aberto

Cacá veio buscá-lo
D. Julieta o abraçou
seu pai mostrou-lhe o espaço
mas, por um momento parou

Primeiro:
Olhou D. Jozélia, seu amor
Giovana, sua flor
Alfredo, seus olhos

João, seu companheiro
Cecília, sua linda menininha

Depois:
tornou-se transparente

Depois:
para sempre se fez presente
para sempre

Como uma pequena semente
com tanta sede de luar
e prontinha - para germinar

João, seu companheiro
Cecília, sua linda menininha

Elza, meu amor

Se acaso você chegasse
e a mulher do fim do mundo
no meu barraco encontrasse
sendo você do topo ao fundo
e que eu vou até o fim cantar
e amar e amar e amar

Você dirá: canta canta, minha gente
pode ser Maria de Vila Matilde ou Benedita
a voz estridente ou entre dentes
pode-se estar molhada de chuva ou suor
na chuva de confetes
onde deixas tua minha dor

Olho dentro da sua cara
olho dentro dos seus olhos
eu sei, sua voz, você usa
pra dizer o que se cala
o chão se molha com seus olhos
diga pra toda a gente obtusa
o seu país é o seu lugar de fala

Quando nasceu seu rebento
não era momento dele rebentar
expandir-se nas forças do alento
afogado na janela pálida do luar
mesmo com o revólver engatilhado
na cabeça cabelos ao vento
mostrando que a carne
a carne mais barata do mercado
é a carne negra, é a carne negra
arrematada pela mão do escárnio

Flor da vida afogada na janela do luar
no meio das flores de barro olhai
a brigar, brigar, brigar, brigar, brigar
olha aí ai o seu guri olha aí
olha aí ai o seu guri olha aí
olha aí ai o seu guri olha aí

Lulu nos deixou

Lulu nos deixou
enquanto Soraya olhava
talvez o sol ou o lençol
da cama
ou a trava da janela

Acho que prometeram à ela
um pé de jabuticaba
numa fazendinha - numa serra
uma mangueira
um pé de laranjeira
acerola
pitangueira
uma roseira
uma casinha
rodeada de jasmins

Só assim - Lulu arriscaria
olhar o outro lado
da membrana de cristal
guiada pela mão de Maria
já ao lado de Geraldo
finalmente
aceitando o destino final
onde a mente descansa
e o corpo dissolve-se nos minerais

Ficamos nós - como quem pensa
perdidos - suspensos
sem entender esta sentença
dura - mas trivial

Lulu nos deixou
como o sol aquece o mar
como a luz desaparece no espaço
na transparência do olhar
mas na falta de seu abraço

Levas muitas marcas, Lulu:

- perdeste o pai aos dez anos de idade
  e a mãe aos doze anos
  e compreendeste a existência do vazio
- viste a partida de doze irmãos e irmãs
  e começaste a construir memórias com saudade
- perdeste uma amiga de infância - carne da sua carne
  o mesmo que viver sem uma parte de si
- perdeste o marido, vítima da estupidez
  mais absurda e acomodaste revolta - indignação

E retornas
entre ventos e ventanias
só amor
só amor
como fruto
ou mesmo como flor

Saudades de Gal

Eu preciso te falar
te encontrar de qualquer jeito
mesmo sem ter luar no céu
retira o véu e faz chover
pois eu preciso respirar
o mesmo sol que te bronzeia

Eu também acredito - no que é lindo
e sei que podemos ir fundo
e sem medo

Eu te ouvi tanto dizer
pra ter olhos firmes
pra este sol e - agora
sem tua presença
pra esta escuridão

Pra estes tempos
em que - é preciso

mas não pra dizer - que o amor vive
Oh, minha honey baby
Baby, honey baby

Apesar de tudo
até do balanço do trem
até da calunga de louça
muitos ainda vivem
um sentimento sem sentido

E, hoje
com o amor linchado
em solo brasileiro
como é bom te ouvir - pedir

Ah, abre a cortina do passado
tira a mãe preta do cerrado
bota o rei congo no congado
Brasil ! Brasil !

Aguenta aí, mano T.

Aguenta aí, mano T. !

Não vê este vento ártico ?
uma flor esperando um segundo ?
uma ave voando ao léu ?
ora - sejamos práticos
ninguém escapou deste mundo
sem aguardar um segundo

Aguenta aí, mano T. !

Ouvi falar - de fonte segura
você não pode ter folga
pois - na pequena dobra do céu
há dois passarinhos - uma coruja
tecendo pra você uma toga

Aguenta aí, mano T. !

Por favor, seja educado
não saia assim de fininho
coberto de longo véu
há umas plantas - pra molhar
o sol ainda tá tinindo
lembre-se - só depois - vem o luar
escorrendo pra todo lado

Aguenta aí, mano T. !

Veja - ainda não saiu o almoço
pra quê correr nesta pressa
pisando brasas dum fogaréu

avexado - em tanto alvoroço ?
termine - com calma - esta reza
achei que sabia - a alma não pesa

Aguenta aí, mano T. !

Fique parado - sem se mexer
há muita água - debaixo desta ponte
correndo no caminho - de papel
deixe escorrer - deste lado - as mágoas
do outro - deixe a chama arder
por um instante - esqueça esta fome

Aguenta aí, mano T. !

Olhe - para seu governo
eu vim - com um copo na mão
na outra um estranho baralho
acompanhado de um gato cruel
não vim vestido de terno
nem pra desandar um sermão
apenas um pouco de orvalho
pra te dizer - sem escarcéu

Aguenta aí, meu irmão mano T. !
Aguenta aí !

Quando Luiz Gonzaga chorou

Resolveu Luiz Gonzaga numa tarde qualquer

Não … na verdade

Em uma tarde de Abril
porque uma única folha
vibrava no último galho
febril

Resolveu Luiz caminhar
entre as pessoas na rua
sem chapéu, testa na brisa
gestos abertos na preamar
dentes rasgando a lua
todo na fatiota de listras

Por que ia Luiz por aí ?

Queria ver sua fama
seu cordão de ouro
ver até onde ela vai
sua roupa de couro
sua vistosa sanfona
duas ou três coisas mais

Imagino
o sol no poço vermelho

Lua ia solteiro e só
não ia como um vaqueiro
sem vestes tradicionais
trajava um paletó

um lenço um isqueiro
um pouco de nada mais

Ah, Exu
uma saudade sem data

Então, a fraca memória
ou simples atrevimento
ao que parece se abateu
na falta de história
das mentes de cimento
como se deus fosse ateu
ou um simples lamento

Os transeuntes passavam
olhavam perfurando-o
transbordando de alegria
sem vê-lo aberto em aflição
atravessando seu odor

Seria tudo aleivosia ?
Sua fama não passa
de uma simples alergia ?

Já assim me esqueceram ?

Eu
rei do baião, do forró
Já parti sem ter saído
de algum canto do sertão ?
Já estou no caritó
rei consumido ou traído ?

Como assim ?

Quis saber Luiz, mas ...

Confrontado com o fato
resignou-se nos repentes
persignou-se como um verso
sentindo-se em um prato
ou um grão de feijão, um dente
percebeu-se transversal

Calou-se por dentro ...

Resolveu-se Luiz
e, então, ... sentou-se

Na pista de rolamento
simplesmente curvou-se
e, cansado do caminho
chorou-se Luiz o choro

do faminto esquecimento

Derretimento

Um belo dia - destes de verão
o sol gritava amarelo
                    vermelho
como brasa desnorteada
                    de aflição
vibrando no pelo crespo do ar
                         como um fedelho

De olhos cerrados
os edifícios me olharam
derretendo - sem se indispor
suas janelas deslizando
                    no vício
como se fosse frio
ou estranho sabor

Eu - silício
pisando geleias de suor na calçada
                         apavorei-me
                              por um segundo

Admirava uma nuvem deslocada
o semáforo - desfazendo-se no ar
o asfalto - fugindo pelas portas
                         de par em par
os carros - rodando como bolas
                         de bilhar

Eu - desviando das gotas velozes
sem me humilhar
mas - com certeza - escutei vozes
com medo
daquela boca de lobo

Aquilo - ali - é vergonha ?
escorrendo no betume
flácido das ruas ?
enquanto a calçada - sonha
coberta pelo tapume ?

Eu - levando um pedaço
                da ponte Maurício de Nassau
enquanto pessoas se agarravam
                        nuns canos
                            numa árvore nua
rindo dos putos que remavam
                abertamente cotidianos
num pedaço de pau
ou num bife de carne
                crua

Eu - juro - achava tudo esquisito
mas - como os outros - tranquilo
como os outros - escondendo
                        meus delitos
apavorei-me
        por um segundo

Desejava - estar em Abrolhos
mas - pesava só uns dez quilos
e só uma vez olhei no fundo
                dos olhos do mundo
e pulei sobre uma pedra - quase sem hálito
mas - completamente sem caráter
                        ou estilo

Eu - um porco louco
ainda à procura da alma mater

pisando em todo aquele
                    grude

Ali - lambuzando-me um pouco
na lascívia de um único
                      iogurte
ora acendendo um pavio
                    curto
ora imaginando-me em pleno
                        desfrute
deste inesquecível banho
                    turco

De repente

Quando eu olho, você de bigode e cavanhaque
e eu sempre lembrando, alguma coisa fora de lugar
a trajetória sinuosa, a vida toda devagar
caminhando como formigas bêbadas num parque

De repente, você de bigode e cavanhaque

E a praia as caminhadas as conversas o futebol
onde estão estas coisas móveis caladas ?
Procurei em todas as partes e nada...
onde estão os mergulhos os livros o sol ?

De repente, você de bigode e cavanhaque

Os filmes os sonhos o escuro o claro
onde está a luz estranha que te perturbou ?
procurei em todo reflexo no que sobrou ...
talvez as emoções ou algum pássaro ?

De repente, você de bigode e cavanhaque

Até as brigas as dificuldades eu quero de volta
aquilo que machucou traduzindo ânsias
falta de ar os desesperos as esperanças
a poesia nas imagens a pura revolta

De repente, você de bigode e cavanhaque

Eu acho que sei onde está aquele menino
dissolvido na poeira das estradas onde eu passar
no iogurte no macarrão nas nuvens no mar
debaixo da mesa ou neste vento albino

De repente, você de bigode e cavanhaque

Até hoje, este menino de bigode e cavanhaque
faz trelas querelas aquarelas com uma mão
enquanto busca algum universo em expansão
mas, eu ainda acho que seu bigode é de araque

Quem é este menino de bigode e cavanhaque ?

O nascimento de Janjão

Quando eu o conheci, ele era um espermatozoide
tinha acabado de encerrar sua procura - por um óvulo

e

desde então - acompanho sua vida - vertiginosa
de eléctron desgarrado - enlouquecido

Logo no início

ele já queria separar-se - pela placenta
separar-se da matéria - original
talvez pesadelos medos - mariposas
nas mentes neuróticas das células
mas nós o convencemos - pois era cedo demais
assim - partir - sem ter chegado

Mas - o tempo nem teve tempo - de arrastar-se
pois - apesar da rádio Barriga - noite e dia
acalentando sussurrando - músicas
                                    sons das árvores
                                            do mar
                                                dos ventos
ainda assim - a vida uterina parecia - chata
                                                subliminar

e - de novo - a rebelião

a corrente umbilical como cordas - grilhões
prendendo o escravo empacotado - na membrana fina

Claro

o vaso túrgido precisou - hibernar
a demora - foi como a passagem de um planeta
                         lento como ostras
mas ele acalmou-se - como acalmam-se
                  os pássaros na noite - serena

O ar tornou-se ameno - quase cotidiano
e - lembro-me - que o dia havia amanhecido - bem devagar
em um certo dia de Maio

A tarde chegou contorcendo-se - como árvores do cerrado
o ar - cascalho puro fino
as dores finas no ventre suspenso - na rede

Iniciamos - o ritual da separação
             o ritual da segunda existência
tão radical quanto pode ser - qualquer outra viagem

Penso em baobás
imensas bolhas de cascas espessas
abrindo-se - frutas maduras
e - nesse pensamento - tornei-me parte
                              da terra
                              do ar
                              do fogo nos olhos - de espanto

Mas - após horas de sinceras repetitivas - compressões
musculares
de indecisões pequenos - desesperos
              pequenas faltas de esperança...

Isso mesmo
agora ele queria ficar !

Para que ser plâncton nas cidades
              coloidais ?

talvez sonhos de prazer - borboletas ?
cascatas uterinas inebriantes ?
ou o simples prazer - de misturar-se
                              uma última vez
neste corpo - generoso e morno ?

Curandeiros experientes identificaram - sua resistência
e disseram "chega, rapaz ! Acabou-se a festa !"
abriram um pouco mais - a fresta
para trazê-lo
                    talvez um pouco - a contragosto
à esta redoma menos densa
                    extrauterina existência
o cordão em laço perfeito
em torno do pescoço

Pude ver seu rosto - espantado
seus olhos escuros - abertos
seus braços no abraço - apertado
terminados nos dedos - finos
segurando as rédeas - do vento
espantando as últimas mariposas
                              transparentes

Um corpinho enrugado - atrevido
querendo respirar formas - cores
foi agarrar-se aos peitos - enormes
aquela amplitude a ser mordida - sugada
com sofreguidão e prazer

Pois é

Foi assim que Janjão nasceu
desde cedo pensando mais rápido - do que as pernas
                    correndo mais rápido - do que as coisas

Até que um dia

olhando tudo que passava - rápido
resolveu congelar seus instantes
                    e até seus movimentos
até os movimentos das estrelas - dos planetas
                    do céu escuro

Os instantes do que é - invisível !

Eu penso que na procura - de uma fresta
para nascer de novo
para fingir que estamos dentro - de um ovo
ou para espiar dentro - do útero
                    e ver tudo - o que resta

Boa Viagem

O céu é tão bonito em Boa Viagem
que quando olhei na primeira vez
tive uma febre ou uma vertigem
aquela areia, eu disse, assim, talvez:

- pisarei
  pisarei
  pisarei

Até penetrar completamente no sedimento
Acredite: eu disse isto com sentimento

Mais tarde, depois de anos décadas
cá estou eu, vagando no calçadão
viajando no céu tornando-se verde
verde cana, sabe, verde na abóbada
à medida que vai invertendo a posição
como um caldeirão que se verte

Compreende a situação ?

Se alguém virar de cabeça para baixo
vai ver um céu verde, verde caindo
virando azul com certo desleixo
invertendo-se no horizonte - lindo

Azul anil
assim - quase pueril

Do calçadão se vê esta - epifania
e a areia
aquela areia, meio pedra meio areia

não se sabe se mergulha ou se rasteja
se concha eu mergulho - eu e a utopia
se esqueleto eu rastejo - água que deseja

Eu carapaça

pernas e braços - escassos
um risco na areia - como fumaça
zig-zag de aratus - devassos
vapt-vupt de siris - na ressaca

E, por um momento ...

A onda destrói tudo
numa fração de tempo
quando se vai - ou esvai-se
e esvazia-se - absoluto
e tudo se organiza - ou renasce

Eu ...

ora agarrado nas pedras
bebendo sal e partículas
ora na onda que quebra
colecionando gotículas

E o céu, lindo
quase verde
onde se verte
no horizonte

E eu - deslindo ...

LUTA

O que refazer

O que refazer quando
a vida aperta o laço
quando despenca o pano
quando tudo é pedaço ?

O que refazer quando
a alegria é descarte ?
Lembrar anos remando
nestas cores da tarde ?

O que refazer quando
a fome ou o punhal
com horror e com espanto
quebrar fino cristal ?

O que refazer quando
cactus flora a flor
que só fica sonhando
desejo no sabor ?

O que refazer quando
do alto desta montanha
o deserto tão insano
queimar tudo o que sonha ?

o deserto tão insano
queimar tudo o que sonha

Em todas estas horas
um amigo de longe
de infinitas auroras
que olha, que não se esconde

No silêncio do abraço
coletar cada dor
rindo deste cansaço
ri da sede e do amor

Amigo assim sincero
seja em qualquer lugar
seja alegre ou austero
na água pedra ou no mar

Seu amor é ofertado
como todo alimento
no sabor incontido
brisa sol simples vento

E olhando o universo
ou olhando esta fresta
entre a frente e o reverso
o amor é só o que resta

Entre a frente e o reverso
o amor é só o que resta

Nasce na boca ?

A palavra perfura
com agulha de ódios
e perdura
na dura superfície
de velhos códigos

Nasce na boca - a palavra ?
Como pedra - arremessada ?

Qual a origem - do que me dizes ?
Qual a origem - da palavra
que não existe ?

Como se sente alguém
próximo de nada ?
Onde a boca - que não chama ?
Onde o desejo ?
Além do olhar - de quem ama ?
Na palavra que resiste
ou no quarto de despejo ?

Bem no meio da rua
há uma fresta - como uma boca
vermelha - nua - ou louca

Alguém - pode ser
o que ela diz
um pronome sóbrio
que - por um triz - não seria
o próprio nome - óbvio

Alguém - pode não mais ser

o silêncio - da alma intrusa
ou o gelo - da vergonha

Enfim

Alguém - pode ser
a recusa - simples e estranha
de viver no jardim
suspenso da Babilônia

Voltar

Por que não voltaria - a escrever ?

esta reprodução descontrolada - de emoções
este câncer de células malucas - por todo lado
este tumor

poderia - simplesmente - deixar escapar
desconexão
desesperança
depressão
des…
des…
des…

deixar fluir epítetos - vocativos injuriosos
dar um murro na ponta - da faca
lançar palavras vozes - ao vento
arremessar uma vaca
no ventilador
no lixo

desmoronar
enquanto penso penso penso

você já viu um liquidificador - falar - escrever ?
imagine - uma batedeira de bolo - dizer:

- meu amor, o pastel está ótimo !

nunca caminhei sobre - ovos
tentei - mas sem sucesso
quebraram-se - quase todos

os outros fugiram - gritando
como um abscesso no lodo:

- assassino ! assassino !

por que não retorno - à turbulência - das coisas ?

é fácil recomeçar - a falar:

- ah, como é lindo o azul do mar.

- ah, as aves gorjeiam nas palmeiras da minha terra.

- ah, vou dormir e ver se acordo em outro lugar.

e deixar - tudo - tudo se misturar
na descida - do tobogã

sabe

estranhamente - sob tortura - me calo
inclusive os calos - do meu pé
os calos me - incomodam - demais
assim - como próteses - neuronais
lembrando minha - conexão
entre bolhas - meias - e sapatos

outras vezes

caminhar é mais fácil - do que falar
principalmente - na vertical
mesmo com tersol - olhando o sol
de cara aberta - azimutal
pisando forte na fachada - do edifício
molhado de palavras - letras - signos
diversos – incompreensíveis

escorregadios - mesmo no solstício

ontem - eu notei

as cerâmicas já vêm - tatuadas
prontas - pra qualquer revestimento
assim basta sair - ao vento - um pedacinho
se descola numa linguada
o sal marinho penetra fundo
no fundo da alma
da pele - como saliva

de repente - nu - na carne viva

Por que não voltaria - a escrever ?

Minha tênue e frágil utopia

Incrustado neste coral - de concreto
onde tudo é pedra
menos meu pensamento ...

Eu sei ...
Eu devaneio

Não sei porque imagino zumbis - claustrofóbicos
árvores mergulhando no céu - como aves de rapina
ou gigantes antropófagos
antropos

Talvez para evitar de ver - no Pina
pessoas dando cabeçadas - na pedreira
na pedreira
ou aquelas outras nadando - na areia
na areia

Neste momento mesmo
eu faço um corte profundo
na pobre folha - de papel
de papel
sem propósito - comendo torresmo
a esmo
a esmo

Talvez para não ver - os olhos
ansiosos - sobre a estrada
sobre a estrada
ou os dentes ávidos - quase estrábicos
lambendo orvalhos - na vidraça
na vidraça

Eu sei ...
Eu devaneio

Imagino-me como uma vela - ao vento
ao vento
completamente sem destino
observando
sementes como se fosse - um menino
um menino
ou mãos descuidadas fazendo
remendos
remendos

Eu sei ...

Neste momento mesmo - eu amassei
uma folha - de papel
de papel
só porque estava sozinha - no seu canto
sem perceber meu anel
ou meu encanto
meu encanto

Eu sei …
Eu devaneio

Mas - agora parei !

Imagino-me confessando - a verdade
deixei lá os dois brigando - na feira
na feira
bem ali mesmo debaixo - da pia
da pia
e saí atrás - de amenidades
de amenidades

Mas - arrependi-me

retornei e encontrei-os - na sexta-feira
na cesta - de vime
de vime
o ódio lazarento ainda - mordia
mordia
minha tênue e frágil - utopia

A condição que nos transtorna

Quase todos nós - estamos sós
na solidão - que observa
no remanso do tempo - em desespero
na mais estranha - caverna
coberta por um céu - de vários sois

Quase todos nós
Quase todos nós

paralisados em louco devaneio

Por que não te abraço ?
Por que não te chamo para a luta ?

Sim, para esta estranha palavra

Luta !

Guardada - por nós debaixo de pedras
desprezada - como palavra destronada
coisa indigna - desprovida de tudo

Suja !

Esperamos, por acaso, que os sarcásticos de plástico
se compadeçam percebam persignem-se
diante dos desesperados ?
diante dos imigrantes ?
diante dos escravos ?

Será que nosso isolamento:
eu sozinho - com meu espelho

você - esperando parlamentos
aquele ali - apontando a corcunda do camelo

é suficiente para derrubar - as gárgulas gulosas
as gargantas - famintas de poder
os corruptos - sacripantas
e suas loucas insanas - ventosas ?

Veja
se esperamos viver
todos os dias

abrace - os indignados que encontrar
retire o pó - da palavra resistência
dirija seu olhar - para os que sofrem
livre-se - do que te silencia
não diga - sempre amém

Todos os dias !

Cuidando de ver na pétala da flor
da alma desarmada

que não é uma religião - o que nos une
não é nossa cor
nem é o gume da espada

É a sede que nos une
a sede do escravo
o que nos une é o cravo nas costas
é a alma exposta

Não passarão

- Não passarão !

Seus esgares malditos
bandidos
canalhas contumazes

- Não passarão !

Viemos da ternura
do amor
da solidariedade

Onde a vida mais dura
o sangue brotando no suor
nunca impedem - a mão estendida
o abraço - onde se esquece
a dor desmedida

- Não passarão !

Germina

O mar quebra na pedra
onde a espuma evapora
corto o braço lá fora
cobra coral na espera

Onde a planta germina
eu deixo meu abraço
onde o deserto calcina
eu coloco o meu laço

Sem caminho eu rasgo
na sombra eu atormento
a sede em mim eu trago
a fome é meu sustento

Vida é um belo cristal
o amor sonho mais lindo
morte certeza final
como uma flor se abrindo

A saudade navalha
morde a felicidade
queima o talo da palha
olho ardendo a cidade

Mas não venhas ofender
a minha casa humilde
que posso te derreter
enquanto a lua assiste

Grudada na poeira
na luz do que resiste
no brilho da minha íris
na água da cachoeira

O desejo de quem ama

Eu quero
o desejo de quem ama
de quem delira - eu quero a flor
leve e doce da surpresa
de olhar
nos olhos de alguém
sem medo e tão perdido
livre de qualquer certeza

Eu quero
justiça pra quem sofre
do que tem fome - eu quero a dor
tão aguda da tristeza
incapaz de saciar
a sede de um filho
que já está na despedida
preso em qualquer vereda

Eu quero
a liberdade de quem sonha
de quem luta - eu quero a cor
rubra e tensa da beleza
de mostrar
o rosto que resiste
contra o fascista e o genocida
contra o ódio e a vileza

Assassinos da terra

Largada no espaço
imaginei-a viva
como um simples pedaço
acorrentada à deriva

Assassinos da terra
tirem o pé da minha serra

A cobiça sem freio
seus olhos tão vazios
movidos pelo veio
movidos pelo vício

Assassinos da terra
tirem o pé da minha serra

Toda a terra estremece
diante desta tortura
aqui ninguém merece
tamanha desventura

Assassinos da terra
tirem o pé da minha serra

Queremos água e vida
não queremos deserto
a voz da patativa
é o caminho mais certo

Assassinos da terra
tirem o pé da minha serra

Você

Hoje mesmo

braços de plástico
asfixiam no barro
o rosto que resiste
ao punhal - tão ávido

E eu vi

estes sonhos fartos
se opondo - ao dedo em riste
ao ódio dentro - do jarro
se decompondo - na planície

E você

que vota no descaso
que aposta na mentira
me diz - se por acaso
sendo o alvo - na mira
você - como se sentiria ?

Atiraria ?

E você

que vota no ódio
no fuzil automático
me diz - se é tão óbvio
que seu lado - sádico
salva a vida - do seu filho ?

E você

que trabalha - de sol a sol
por que vota - na fome ?
me diz - se ao ficar só
ao ver que a sorte - some
não sente o gosto - do pó ?

E você

que ama sua família
por que vota - no desamor ?
me diz - nos olhos de sua filha
há o que se chama - dor ?
há ali - por acaso - só uma ilha ?

Resista !

a estes braços - de plástico
à estupidez - pedra fluida
às almas de pranto - cáustico
ao gesto que nunca - cuida

Resista !

na porta do meu carro
uma pequenina - bandeira
vermelha

Sem qualquer importância
símbolo - da minha arrogância

Alegria

No fundo da noite - no fundo
houve uma grande alegria
um peso foi retirado
das costas do mundo

Alguém largou sementes
outro distribuiu palavras
vi uma mulher parada
olhos baixos - renitentes
rindo pros seus sapatos

O super-homem e um menino
largados na calçada - do além
voaram de fininho - lá
pra ladeira do vintém

Paralelepípedos choravam na estrada

Um lençol amarelo agonizava
desde hoje de manhã
a caminho da Eslováquia
mugindo - como uma vaca

Hoje pela manhã

Uma senhora muito brava
perguntava se estas chuvas
eram de Iemanjá ou de Iansã

E não sei porque olhei parado
um pouco antes de ir embora
as cores do rio - do outro lado
na beira do cais - da rua da Aurora